Kleine Huppel
gaat voor het eerst naar school

Aline de Pétigny
Illustraties: Clara Suetens

DELTAS

Er was eens ver, heel ver hiervandaan, in een groot bos, een heel klein konijn. Het heette Huppel.

In dat grote bos was ook een klein schooltje
met een speelplein.

Telkens als hij er voorbij hupte, zag Huppel hoe de kinderen speelden, renden, lachten en plezier maakten. Terwijl hij dan verder liep, slaakte hij een diepe zucht.

'Waarom mag ik niet naar school?'

'Je bent veel te klein om naar school te gaan', antwoordde zijn moeder.

'Dat is iets voor de groten', spotte zijn zus met hem.

'Volgend jaar mag jij ook naar school', beloofde zijn vader.

Op een avond, toen Huppel naar bed wilde gaan,
gaf zijn vader hem een groot pak.

'Hier, Huppel. Dat is voor jou.'

'Ik ben toch niet jarig?' vroeg hij verbaasd.

'Nee', zei zijn vader.

'Het is toch niet Kerstmis?' ging Huppel verder.

'Nee', zei zijn moeder.

'Het is toch geen feest vandaag?' vroeg Huppel.

'Nee!' zei zijn grote zus.

Huppel opende het pak en ontdekte daarin een prachtige, rood met groene boekentas. Wat een schitterende boekentas! Hij had veel vakjes om potloden, knikkers en een lekker lunchpakket in te stoppen.

'Je bent nu een groot konijn', zei zijn vader.

'En morgen mag je naar school', ging Huppels moeder verder.

'Samen met mij!' voegde grote zus eraan toe.

Huppel kon niet
goed slapen. Hij
had zin om naar
school te gaan...

Maar hij was ook een beetje bang. Hij kende de juf niet. Ze zou vast niet zo mooi zijn als mama, en niet zo lief. En wist ze wel wat ze moest doen als hij zich bezeerde? Dan moest hij drie zoenen op het puntje van zijn neus krijgen. Drie. Niet één zoen meer of minder.

Het kleine konijn zuchtte. En zijn klasgenoten? Zouden ze lachen om hem en zijn knuffel?

Toen zijn moeder hem de volgende ochtend
wekte, keek Huppel naar de stoel bij zijn bed.
Daarop stond zijn boekentas. Huppel zuchtte
heel diep.

'Mama…'

'Ja, mijn konijntje?'

'Ik ben erg bang…'

'Ik weet het, liefje. Maar ik heb in je boekentas een magische steen gestopt. Die zal je angst wegnemen.'

Terwijl hij ontbeet, mompelde Huppel tegen
zijn vader: 'Papa… Ik ben bang…'
'Ik weet het, mijn konijntje. Maar ik heb in je
boekentas wat magische zandkorrels gestopt. Die
zullen je angst wegnemen.'

Terwijl hij zijn jas
aantrok, fluisterde
Huppel tegen grote
zus:
'Weet je…'
'Wat dan?'
'Ik ben een beetje
bang…'

'Ik weet het. Maar ik
heb in je boekentas
een snufje magische
aarde gestopt. Die zal
je angst wegnemen.'

Toen hij op school aankwam, droeg Huppel zijn boekentas trots op zijn rug. Zijn moeder gaf hem een dikke zoen op het puntje van zijn neus. Een zoen die je moed geeft.

'Dag, hoe heet jij? Ik ben Lisa', zei de dame die bij de deur van de klas stond.

'Ik ben Huppel', antwoordde het kleine konijn met bonkend hart.

'Ik zal je voorstellen aan je nieuwe vrienden. Kom maar mee.'

Toen hij zijn klas binnenstapte, zag Huppel daar
een heleboel kinderen spelen, rennen en lachen.

Zijn hart klopte wat harder en wat sneller dan
gewoonlijk.
'Huppel, dit zijn je nieuwe vrienden', kondigde
Lisa aan.

Een klein meisjeskonijn met een mooie roze
strik in haar haren kwam naar hem toe en greep
Huppels hand.
'Wil je met me spelen? Ik heet Snufje. En jij?'
'Huppel', antwoordde Huppel en hij liep met zijn
nieuwe vriendin mee.

'Kijk, deze blokken moet je in het juiste vakje stoppen.'

Enkele minuten later keek Huppel heel trots in het rond. Elk blokje stak in het juiste vakje.

Hij keek Snufje aan en zijn hart klopte wat harder en wat sneller dan gewoonlijk. Maar deze keer was hij niet bang!

'Mijn steen, de zandkorrels en het hoopje aarde zijn echt magisch!' zei hij bij zichzelf.

'Ik heb zelfs al een
vriendinnetje op school.'

Einde